꼭 같이 사는 것처럼

임현정 시집

문학동네시인선 016 임현정

꼭 같이 사는 것처럼

시인의 말

고맙다 고맙다
나를 허락해줘서,

고맙다 고맙다
당신의 발치에서
울게 해줘서,

2012년 봄
임현정

차례

나의 글러브에게……

너의 뜨거웠던 포옹도
나를 더 멀리 날려보내기 위한
성급한 배웅이었을까

다이빙하는 남자

중세시대 사제 복장을 한 남자가
바다가 보이는 절벽에서 몸을 던진다

이복동생을 사랑한 사제가
몸을 던졌다는 검은 절벽
그녀를 태운 배가
백 년 전 거품으로 사라져버린 곳

그러나 비극은 되감기 버튼처럼
가짜 사제가 능숙하게 절벽을 기어오르고
각설탕 같은 이빨을 반짝이며 시작된다

멋진 포물선을 그리며
바다로 뛰어든 비운의 사내는
잘게 부서지는 포말 속에서 다시 태어난다

흠뻑 젖은 사제복을 입은 그는
이 도시의 명물
절벽에서 뛰어내리기 직전을
물방울무늬로 포장해주는
기념품 가게도 있다
근처 절벽에 있는

'다이빙하는 사제' 레스토랑에선
핏물 번지는 스테이크를 썰며
지루하게 반복되는 저렴한 비극을 감상할 수 있다

감청색 잉크에 펜촉을 꽂듯
비극은 선명하고 희미한 습관이 된다

꺼질 듯 바람계곡

구멍 난 치즈처럼 보여도
중앙계단을 타고 오르면
꽤나 전망 좋은 절벽이에요
칠백번째 계단참에 제 방이 있어요 왼쪽은 아,
마침 루시 아줌마가 나오네요

계곡 아래에서 부는
돌개바람에 휩쓸린 사람들
간혹 빨랫줄에 걸려 있기도 합니다

어른들은 저 아래서 부는 바람을
꺼질 듯, 한숨이라고도 부르죠
난간을 꼭 붙들어요
손수건처럼 휙
날아가기 전에

견학을 온 여자애가 울고 있네요
지갑이 없어졌다는 건데
동무들은 어쩌지도 못하고
바람 불 때 보았죠
빙글빙글 날아가는 노란 지갑
둥글게 부푼 공단 치마 아래
푸른 지폐들까지

꼭대기 방은 미완성이에요
손톱이 자랄 때까지만 쉬고
다른 사람이 안내할 거예요

어떤 여행자들은 여길 떠나지 못해요
어깨를 스치는 좁은 계단과
숨소리가 들리는 작은 방
검게 빛나는 눈동자 때문이죠
그래서 손톱 밑은 붉고,
부드러운 흙이에요

복수는 한발 늦게 온다

풀을 먹인 식탁보처럼 고요한 저녁이었네
촛불을 켠 밤은
속을 파낸 호박 같아
금귀고리를 흔들며 마님이 말했네
주인은
스읍, 고기 수프를 음미하고 있었네

식빵처럼 부푼 모자를 쓴 요리사가 등장했지
그는 요리 비결을 알려주는 대신
뒤편으로 다가가
비밀의 방을 찾아냈네

도난당한 그림이 걸려 있는 방
간이침대에 누워 있는 에이프런에겐
발목이 없었네
주인은 천천히 옛 연인 곁에 누웠다네
식칼이 번뜩였지만, 머리맡에선
그리운 냄새가 났어

이제 요리사는 빨간 땡땡이 가운을 입고 거실에 서 있다네

얘야, 담쟁이덩굴처럼 자라난 공포를 보렴
금귀고리를 흔들며 마님이 말했네

꼭 한발씩 늦는구나
지루한 내기처럼
말이……다

얼룩말

그가 실크해트를 쓰자 거리가 캄캄해졌어
모자 속으로 날아간 비둘기들
원통형 어둠 쓴 마술사가 지나가네

모닥불을 피워도
밤은 우릴 동그랗게 에워싸고 있었어
검은 얼굴의 인디언들
늑골 아래 숨긴 피 묻은 피리라도 불어대는지
구슬픈 밤
기름 항아리처럼 번들대던
소녀의 검은 가슴에 얼굴을 묻었지
반짝하고 웃었던 것 같은데

나귀 방울 소리가 들려
소금을 캐는 사람들,
나귀를 타고 계곡 너머로 사라져갔지
소금 계곡은 타일처럼 빛나고
우리는 입체 카드처럼 튀어올랐어

나비를 만지면 묻어나는 나비분처럼
불이 꺼진 주점에선
모서리마다 빛의 입자들 묻어 있었어
검은건반 다음 흰건반을 칠 차례

정오의 공원은 방금 만든 샌드위치처럼 신선해
스타카토로 달려가는 아이들
그가 시계탑 아래서 실크해트를 벗어 드네
어디선가
얼룩말 한 마리 본 것 같기도 해

반디, 검은 망사 커튼 그리고 늙은 말

높다란 통굽 구두를 신고,
나는 아주 천천히 걸었어

반딧불축제로 거리는
물고기 비늘처럼 반짝였는데

반딧불은
검푸른 잔디밭에 심어놓은
초록색 알전구 아니,
무성한 소문이라는 소문

간혹 날벌레들의 은빛 날개가 환영처럼
불빛에 반사되곤 했어
반디를 찾는 아이들을 싣고
그림자가 베어 먹히는
환한 어항 속을 천천히 헤엄쳐갔지

마차를 장식한
칠이 벗겨진 구슬도
빛나는 눈동자였다는 걸
알아?
그래서 손톱만한 불씨들은
더 깊은 심해로 다이빙하는 거야

성냥개비처럼 꽁무니가 꺼진 반디들을 태우고
검은 망사 커튼 속을 헤엄치는 늙은 말

박제된 불빛들은 얼마나 눈부신지
채찍질마저
지루한 도돌이표처럼

쥬리엣의상실

가게 앞을 지나가는 행인들은 모두 안개 속을 걸어갑니다
살점이 떨어져나간 마네킹들이 거기 서서
검은 내부를 드러내고 웃는 걸 잊지 않습니다

안개 문을 열고 누군가 들어옵니다
어제 온 그 손님
자잘한 꽃무늬 블라우스를 입어보는데
어깨에 붙은 뽕이 식빵처럼 부풀어올라
그녀를 먼 옛날로 데려다놓습니다

구식 라디오에서 흘러나오는 한물간 뽕짝을
주인이 놓칠 리 없습니다
허리께에 리본을 묶는 원피스는 어때요?
잿빛 먼지와 눅눅한 거미줄을 혼방으로 짰답니다

어제만 오는 손님은
오늘이 없어 편하답니다
최신 유행하는 주름치마는 하늘을 날아갈 듯
위태로우니까요

아무 때나 좋아요 또 오세요
검은 머리를 내려뜨린 낡은 옷장이 말합니다.
여기는 흘러간 것들로 치렁치렁한

쥬리엣의상실

쥬리엣 의상실이 아니라,
쥬리엣의 상실이랍니다

남보랏빛 그림자

잿빛 하늘은 그가 껴입은 옷들처럼 더럽고
케케묵은 냄새가 났어
빨랫줄에 걸린 군용 담요에선
빗물이 뚝뚝 떨어지고 있었어

남자가 뜨거운 국수를 후루룩 넘기고 있었지
문을 사이에 두고 여자가 말했어
점점 자라나는 검은 단지, 소용없어요
백발이 된 여자가 문밖에서 국수 그릇을 치우고
날짜가 지난 신문을 건넸어

조그만 창 구멍이 난 문을 연 것도
오래전 일이지만
여자는 날마다 국수를 끓이고
늦도록 평상에 앉아 있어

풋보리 같은 남자였는지
쥐약을 먹고 죽은 검둥개였는지 모르지만
여자가 품은 단지는 아주 소중한 거였어

그래서 여자의 가슴은 펑,
남보랏빛 그림자로 물들어 있나봐

가슴을 바꾸다

한복 저고리를 늘리러 간 길
젖이 불어서 안 잠긴다는 말에
점원이 웃는다

요즘 사람들 젖이란 말 안 써요

뽀얀 젖비린내를 빠는
아기의 조그만 입술과
한 세상이 잠든
고요한 한낮과
아랫목 같은 더운 포옹이
그 말랑말랑한 말 속에 담겨 있는데

촌스럽다며
줄자로 재어준 가슴이라는 말
브래지어 안에 꽁꽁 숨은 그 말
한바탕 빨리고 나서 쪽 쭈그러든 젖통을
주워 담은 적이 없는 그 말

그 말로 바꿔달란다

저고리를 늘리러 갔다
젖 대신 가슴으로 바꿔 달다

물에 잠긴 지하 계단

캐러멜 시럽 속을 걷는 것 같아
느리게
손가방을 든 노인들이 지나갔어
앙고라 스웨터를 터널처럼 통과하는
말라비틀어진 나무였지
주머니를 빠져나온 굽은 손가락이 가리켰어
지하철역 한쪽 구석에 쌓여 있는
누런 상자들
벌써 오래되었답니다
어떤 사내가 맡겨놓은 상자 속엔
절인 유자들이 들어 있어요
역무원들은 점점 묽어져가는 커피를 마시고 있었는데
무임승차권들은 어디로 사라진 것일까
수맥까지 말라버린 나뭇가지들
절인 유자를 손가락 끝에 매달고

녹슨 수도관이 펑 터진 날
아니 펑펑 울던 사내가
절인 유자를 맡기고 선로로 뛰어든 날
황금빛으로 절여진 시간은 달콤했지만
바닥나고 말았어

황금빛 단지들아, 안녕

물로 쓴 묘비명들아, 안녕

물에 잠긴 지하 계단을 오르는 사내

비스듬 야채 가게

주인님은 돌돌 말려 있는 양말짝 같고요
시든 푸성귀 냄새가 났어요
곱은 손으로 까던 콩 몇 알
호주머니에 흘려주고는
살얼음 밟는 소리로 웃었어요
주머니 속은 깊고
자꾸 잠이 왔지만
검게 그을린 페인트 통처럼 춥고
사방이 꽉 막혀 있지요
그만 돌아가요, 어느새 냉방이에요
푸른 천막을 밤처럼 덮어주고
가요 찍찍,
오르막길과 내리막길은
꼭짓점 좌표에 따라 달라지죠
그래서
모눈종이 같은 보도블록을 지나
막대그래프처럼 자라난 나무를 지나

발자국 모양 좌표 끝에

검게 그을린 방이 있어요

비탈에 있는 어느 야채 가게처럼

저도 오래된 얼룩이랍니다

찍찍,

흑설탕을 넣은 차

비탈 아래 있는 불탄 집을 갔지

바닥이 깊은 곳에선 젖은 냄새가 나

들어와도 괜찮아요
개망초같이 웃는 그가
찻물을 끓이러 간 사이

딱딱하게 굳은 흑설탕처럼
어둠이 응고된 지하 계단을 내려갔어

긴 복도는 고요하고
검은 머리카락을 한 줌 물고 있는 것 같아

알뿌리처럼 머리만 남은 석상들 나란히 서서
누군가 반짝 웃은 것 같은데

복도 끝엔 검은 매듭처럼 그가 서 있었어
아무것도 모르는 표정으로
고개를 갸웃하며
웃었어

휘발성 냄새가 났지만 아주 뜨거운 차

그가 하얗게 벌어진 홑씨를 날리며 웃었어
가지 마, 여긴 나뿐이야

천장은 높고 검게 그을린 지붕은 무거워
그래서 나는

물이 빠진 수영장

하늘은 버터를 싼 종이처럼 노랗고 잔뜩 구겨져 있어

푸른 타일이 군데군데 떨어져 있는 실외 수영장
불길하게 번져가던 물이끼도
망루에 올라가보면
무한정 쏟아지는 햇빛을 감빛으로 물들이는
물감처럼 보여
높고 미끄러운 허공
물이 없는 물통에서 익사하기도 해

눈부신 것들은 다 비늘이 떨어지나봐
황금잉어처럼 몰려다니던 금빛 물비늘과
사방으로 흩어지던 물방울 다이아몬드!

물이 빠진 수영장을 걷던 그녀도 그랬어
파닥거리던 젖은 맨발이 정지된 시간

나선형 계단을 타고 올라가야 해
불이 꺼진 방
반쯤 열린 검은 창이
한밤을 부유하는 곳
윙 소리를 내며 떠는 건
그녀의 모터가 아니야

잿빛 등허리에 난 작고 투명한 날개
고마워
검은 즙 물컹한 방들아
밥알 같은 꿈들 알알이 슬어놓고
내일도 굿 나잇!

조개잡이

아주 좁은 수로에서 자라는 소용돌이 모양

여자아이 시체가 떠내려온 적도 있지만

차가운 뺨을 더듬던 끈끈한 촉수도
버터를 녹인 프라이팬에서 천천히 익어갔어

시궁창 냄새를 풍기는 달

연한 속살을 도려 먹으며
뽀얗게 살이 오르는 아이들은
검은 물이 키우는 것들

그래서 은빛 자개농처럼 캄캄한 배경을 가진 것들

깊은 곳으로 손을 뻗다가
코르크 마개처럼 꽉 끼기도 해
여기선 타인의 슬픔을
속이 꽉 찬 조개에 비유해

물이끼를 다져 넣은 조개 수프야
조금 맛볼래?

검은 머리카락은 끝없이 자라나
그것 말고는 아무것도 없는 마을

그래서 이 마을의 이름은
내 꿈의 균열 혹은 찬란한 나무 그림자

빛의 통로

기차 한 칸이 거꾸로 처박혀 있어

눈 덮인 숲
일렬로 노란 빛을 쏟아내는 창문은
중국식 식칼처럼
가늘게 채를 썰어, 네 머리카락

앉지 못하는 의자들이 천장에 매달려 있어
칸막이가 있는 작은 방들

오른쪽 끝은 막 닫힌 괄호야
쓰지 않는 방도 있지만
커튼으로 만든 치마를 입고 세번째 자리에 앉았어
여긴 아무도 없음
슥 지나갈 것

지붕 위의 눈을 치우거나
일곱번째 의자를 돌려서
여덟번째 의자와 마주 보게 하거나

네 신발이 닳고 있어

긴 복도는 금속성 침대 혹은 어깨가 붙은 샴쌍둥이

너는 '터널 끝'에서 나왔다가 '끝없는 터널'로 되돌아가
방금 전인지 방금 후인지 지루한 통과의례

바닥에 귀를 대면 들려
눈 위에서 미끄러지는 소리
흔들흔들 자장가 소리

아무 데나 좋아
곱은 손가락으로 쓰고 있어

순식간에 얼어붙는 그것

별무늬 판화

작은 돌무더기 위에서 눈을 떴어
붉은빛이 도는 밤인가 했는데

마른 잎을 피우는 사람들이 있어
검은 손들이 비는 소원은 축축하고
이상한 냄새가 나

갱지처럼 질이 나쁜 하늘

조종실에 고꾸라져 있는 거
친근하긴 해도 모르는 물건이야
뼈로 만든 모빌은 만국 공통어니까
하지만 금 간 안경은 분명해

검은 머리 소녀가 울고 있어
예민한 들개들처럼 간혹 있어, 그러니까

여긴 버려진 매트리스처럼 안전해

넓은 잎사귀에 있는 음식을 조금 집어 먹었어
아무 맛이 없었지만 이곳의 예의니까

빗방울은 처음에 표범무늬였다가

훅, 비릿한 냄새

비행기 밑은 아늑해
이게 첫날의 게임
기념으로 비행기 바닥에 별 모양을 그을 건데

상한 우유처럼 쏟아지는 은하수 그림!

우리 동네 무기밀매업자

길모퉁이를 내다보던 그가 말했어
키스를 해달라고 했는데
남자는 도무지 해주지 않아
미장원집 여자의 파마기 없는 긴 생머리가
바람에 날리고 있어
임대 문의가 붙었는데 가볼래?

솔기 터진 소파는 카스테라처럼 폭신하고 속이 노랬어
소파가 있던 자리, 기억 안 나?
위조지폐처럼 풍경을 복제하던 거울은
감쪽같은 미닫이문이야

소용돌이치는 목조 계단에서
그가 손을 잡아주었지 무서워도 달콤해,
얼굴이 검은 그 애
어쩌면 당연했어
내부에 있는 위태로운 계단들
막다른 곳에 난 조그만 문으로
우린 봤어

차갑게 빛나는 총구는 고요하고
아주 부드러운 손길이야
긴 머리는

여전히 창백하고
무슨 구름인지 알 수 없었어

우리 동네엔
키스를 조르는 무기밀매업자가 살아

검은 피리를 부는 밤

머리통이 날아갈 듯 오토바이를 모는
그 동네 폭주족이라면 누구나 겪어본 일

한밤을 가르는 별똥별처럼
밤거리를 다다다 내달릴 때
문득 뒷자리가 무거워
돌아봐도
아무도 없을 때

그런 날은
검은 피리 속을 달리는 것 같아
전속력으로 달려도
검은 피리는
폐광처럼 고요해
나는 텅 빈 오선지를 그으며 내달릴 뿐

도돌이표처럼 찍혀 있는
둥근 바위를 지나
그 밑에

떡을 얻어먹던 노파가
떡이 떡하니 걸려서
눈부신 동그라미가 됐다는

그 꽉 막힌 음표를 지나

어쩌면 난
허공에 떡하니 걸려 있는 건지도 모른다고

포도밭, 그 애

포도밭 사이로 그 애가 보이면
그림을 그려요
방 안 가득 먹구름이 몰려오지만
그 애는 구름도 키운다고 했어요
파란색 물뿌리개를 들고 다니는 건 그 때문

문방구에 들어간 그 애가
편지지를 고르는 동안
작은 오락기에선 손톱만한 사람들이
껑충 뛰어오르죠
아이들이 없는 오후
크래커 같은 해가 떠 있어요

비가 오는 날이면
넝쿨마다 매달려 있는 투명한 음표를 따라
그 애가 흐득흐득 울어요
초록 오선지에 갇힌
발목이 지워지고 있어요

그 애가
알맹이 터진 포도처럼 검붉은 즙을 쏟으며
비늣갑 같은 차에 실려 가던 날
그 애 가슴께에 있는 포도밭은

상한 포도들이 후두둑 지는 검은 달력이었대요

그 애가 걸어오는 저기

오래전부터 주인 없는 포도밭이라고 해요

마른 잎을 파는 가게

마른 잎을 파는 가게는
정오면 문을 닫아걸고
손때 묻은 나무 의자에 앉아
마른 찻잎을 띄우는 것이었습니다

자명종이 울리는 것처럼
창밖에서 총알이 쏟아졌는데
이 시간만 지나면
모두 얌전한 손님들이에요
마른 잎들은 찻잔 속에서
떠오르다 가라앉곤 했습니다

나무로 댄 덧창이 있는 가게는 어둡고
허문 집에서 가져온 나무로 만들었습니다
떫은맛이 나는 차
녹슨 쇠 맛도 조금 납니다

네 귀퉁이가 녹슬어 있는 문 뒤에서
숨죽이던 기억
그는 나를 따뜻한 짐승처럼 바라보곤 했는데
올이 풀린 검은 스웨터처럼
마구 헝클어지던 밤
찻잎은 축축하고 선명한 잎맥들로 낮게 낮게

마른걸레로 나무 선반을 닦던 주인은
오래된 차통을 들고 옵니다
마지막 눈빛을 떠오르게 하는 맛이에요
양철 뚜껑 속에 더 아린 향이 있답니다

앞치마엔 마른 잎이 몇 장 떨어져 있는데
찻값은 받지 않습니다
길모퉁이를 돌면 나오는 뜨겁고 쓴 가게
고맙습니다
여긴 항상 한낮이니까요

나무 위의 고양이

오렌지주스 병을 핥던 때처럼
온통 오렌지빛으로 물들었지

이 도시의 가로등 불빛은
녹슨 피조차 오렌지주스야

언젠가 꽃 모가지를 리본으로 묶은 걸 보았어
그녀도 그렇게
툭툭 팔을 분지르며 곤두박질쳤지
네가 모가지에 칭칭 감아준
질긴 전화선
난 이 도시의 색소가 좋아

이 흥건한 오렌지빛 핥을 수도 없어
먹통처럼 발자국이 남지 않는
무서운 길을 네가 지나갔지

그녀를 탬버린처럼 흔들던
가쁜 숨소리가 사라진 은행나무 아래는
둥근 마침표처럼 부드러운 흙이야

뾰족한 화살은 노란 중심으로 날아가 박혀 그러니까
그 눈빛은 네 거야

잃어버린 물건, 네 가슴팍에 놓고 갈게
하얀 장갑과 검은 눈동자
그리고 수소 풍선처럼 날아가버린
털을 곤두서게 하는 오렌지빛 비명도

축하해, 야옹

괘종시계가 울리는 밤

가스 검침원이 벽에 기대 있는 걸 발견했다지
오래된 얼룩처럼 번져 있었대

산산이 부서진 채
전봇대 옆에 넘어져 있는 걸 본 적 있어
마루에 고여 있던 묵직한 그림자
신문지를 덮고 눕는 것도
흔한 일이야
껌 자국으로 지저분한
벤치는 벌써 만원인걸

저기, 고장 난 괘종시계를 손수레에 싣고
허리 굽은 괘종시계가 간다

갈 곳 없는 시계들이 모여
잿빛 연기를 뿜어대는
공원 시계탑도 언젠간 스톱이야

간밤엔
우울증 걸린 시곗바늘이 꼭짓점에 매달려
마지막으로 댕댕거렸지

노란 스티커를 부적처럼 이마에 붙이고

숨이 탁 멎은
스댕부랄도 있는걸 뭐

복도식 아파트

다급한 발자국 소리가 들리고

누군가 현관에 서 있다

그가

철제 침대에 누워 있는
제라늄에게 말을 걸었다

그녀는 우리 가게 손님이에요 새빨간 구두를
신겨준 적도 있어요

옆집 여자가 잿빛 철문을 닫고
아홉 개의 빗장을 지르는 소리가 들렸다

신발 속 어둠처럼
복도로 창을 낸 작은 방이었다

그는 종종 두꺼운 책장 같은 커튼을 걷고
아홉 개의 빗장뼈를 훔쳐보거나
제라늄에게 물을 주고
흠뻑 젖은 기저귀를 갈아주었다

검정 실이 감겨 있는 실패처럼
고요한 오후
작은 망치로 구두 굽을 박기도 했다

흰 꽃을 머리에 이고 제라늄이 웃었다

창백한 발목에
새빨간 구두가 신겨져 있었다

짤랑짤랑 자물쇠들

한낮의 공영주차장은
버려진 냉장고처럼 고요해

먹구름만 서성대는 줄 알았더니
오오, 미니스커트를 입은 물컹한 암컷들

찌르르하는 게 아카시아 향인지 박카스 향인지는 몰라도
잠깐,

살충제라도 뿌린 것처럼
침 흘리던 노인들
순식간에 흩어져버렸어

털이 거뭇한 여자들
공영주차장에 모여 워킹을 하는데
고양이 꼬리처럼 끝이 올라가는 목소리로

언니, 햇볕 쬐니까 너무 좋아

앞이 불룩한 미니스커트들이 웅크리고 앉아
담뱃불을 뿜어대는 한낮의 주차장

재개발구역에선 간혹 새집을 허무는 수도 있다는데

몸에 맞지 않는 집은 감옥 같다니까
그러거나 말거나,

가짜 자물쇠는 짤랑짤랑

물렁한 도마

머리맡에서 우는 소리가 들려와

내 침대에
미라가 누워 있어

사람들이 도마 위에서 잠들 때마다
언 대가리들이 댕강댕강 잘려나갔어
도마는 통통통
목탁 소리를 낸단다 죽은 자만이
냉동 눈꺼풀에
입 맞출 수 있거든

칼자국을 가슴 가득 새긴
메마른 여자를 알고 있니?
코가 뭉개진 그 여자,
비린내 나는 허공을 잉태했지만,
태아까지 말려 죽였다는군

피에 절은 도마

침대에서
고드름 자라는 소리가 들려

빈 젖이라도 빨려무나, 아가야

오렌지 마멀레이드

콘스탄틴, 오렌지빛 터널을 지나 (우린 거길 오렌지불빛 공장이라고 불러)
목탄처럼 검은 머리칼을 그으며 달려왔지

콘스탄틴, 우리는 후미진 옥상 계단에 앉아
은빛 캔을 우그러뜨렸어 그게 누구의 마스크였더라?
아이들이 막다른 골목에 모여
새빨간 무당벌레를
훅훅 뿜어대는 밤이었어

오렌지불빛 공장에선
바나나 껍질을 까던 애도 있었지만
미끄러운 바퀴들은 오렌지빛 맥주랑
빵 하고 터지는 스낵 봉지만 깠어

전자레인지처럼 돌아가는 밤의 클럽에서
너는 팽이처럼 돌다 튀어나왔지 아니, 튕겨진 건가?
가죽 팬츠를 입은 콘스탄틴
눈시울에 오렌지불빛이 묻어 있어

오렌지 마멀레이드처럼
꼼짝없이 절여지고 있었던 거야
그곳에선 망할 오렌지를 빼곤

모두 무채색이야

나의 콘스탄틴, 이젠
네 슬픈 등허리에 매달릴 수 없어
늙어빠진 여자를 지나
미친 듯이

오, 나의 콘스탄틴!

물의 도시

물에 잠긴 지하 도시를 지나가봤니

나무 옷장을 타고 천천히

기름 램프가 도깨비불처럼 매달려 있는
콩기름빛 운하 지나가봤니

먹다 남은 케이크 같은 집에서
젖은 신발들을 말리는
물침대 건너가봤니

비닐 장판으로 미끄럼을 타던 아이들이
물 먹은 나무 의자에 앉아
녹슨 칼로 연필을 깎는 시간

낯빛이 노란 여자가
베란다에 앉아 오래도록 빨래를 하고 있어
그물무늬 스타킹을 드리워도
지상의 방 한 칸 낚이지 않는 곳에서
빨아도, 빨아도 흙탕물인 울음을

사방이 유리인 기념품 가게에서
이 도시의 명물인

콩기름빛 눈물을 샀어

물 밑으로 흘러가는 검은 전화선

통화가 길어지고 있어

자기소개서

나는 정지된 화면에서 들끓는 무엇

자루 속에 들어 있는 노랗고 매끄러운 표면이나
양철 세숫대야에 고인 선홍빛 따위
함부로 깃털을 뽑는 시간에 비하면
아무것도 아냐

순식간에
환한 빛 속으로 쏟아지는
밤의 통로들
벼랑 끝이 막 상하고 있어

나는 비릿한 냄새를 양손 가득 묻힌 것

수도꼭지가 있는 마당에서 벌어지는 살해 사건
모든 증거는
수도꼭지를 비틀고 끝나

똑딱단추처럼 박혀 있던 눈알이나
허공을 휘젓던 노란 물갈퀴들 말이야

나는 끼이익, 급브레이크를 잡는 순간
느닷없이 날아오는 것

그래서 좌표 없이 윙윙대는 것

층층 캐비닛

잿빛 철문에 작은 열쇠 구멍이 있는 캐비닛

유리병이 벼락무늬 비명을 지를 때마다
호치키스가 꾹꾹 눌러 박지
가지런한 냉동 새우들처럼
고요한 안식에 든다네

연필깎이 뱃속에는
지워진 얼굴들이 가득해
아래층 여자가
하얗게 깎인 얼굴로 걸어가네
점점 작아지는 그림자를 끌고

뭉텅 잘린 머리 다발이 발견되는 날도 있지
흘러내리는 꿈들로 어지러운
층층 캐비닛들,

아래층에서 콜라가 폭발했나봐
그 밤의 연못, 누가 흔들어댄 거야
층층 캐비닛
위태롭고 권태롭지
문은 바깥에서 열리니까

원숭이 손가락

자주색 벽돌을 한 장씩 빼내는
털이 붉은 원숭이들
끽끽, 고장 난 브레이크를 뱃속에 삼킨 원숭이들
긴 꼬리가 끝없이 늘어져
한밤을 칠한 붓처럼 검게 물들어 있지

시뻘겋게 달아오른 쇠구슬 한 방
침대에서 텀블링을 하는 원숭이
스프링 심장에 박혔지
천장까지 튀는 핏방울들
믹서를 끄고 난 다음, 그 적막 같은 거야
하지만 덩달아 사라진
벽돌집 한 채

거기 막 데워져 있던
말랑한 방 한 칸은
어쩌란 말이야

불면의 밤

원숭이의 간지러운 손가락들

사금파리 반짝 빛나던 길

인부들이 담배 피우러 나간 사이
이삿짐을 실은 트럭을
통째로
훔쳐갔다는 건데

숲 속 공터에

책이 꽂힌 책상이며
손때 묻은 소파까지
여자가 살던 집처럼 해놓고

남자는
너럭바위에 앉아
생무를 베어 먹은 것처럼
달지도
쓰지도 않게
웃었다고 합니다

꼭 같이 사는 것처럼

물방울무늬 원피스가
침대 위에 가지런히 누워 있었다는데

경비 아저씨의 푸른 모자가
아파트 화단에 떨어져 있는 날이었습니다

갱스터 파라다이스

칫솔을 갈아 만든 플라스틱 칼은
달빛을 쨍쨍하게 튕겨내진 않지만
빛나는 소일거리 중의 하나
유일한 애완동물은
불특정 다수를 향한 무독성의 살의
담벼락에 박혀 있는 유리 날처럼
정교한 칼날들 항우울제로 처방되기도 해

일주일에 몇 번 감방을 수색당하지만
암호로 가득한 무기 주문서를 발견할 뿐
최신식 무기고는
이름 없는 파일들로 가득한 잿빛 서류함처럼
시간의 갈피 속에 숨어 있지

가격은 제조방법에 따라 다르지만
불안하게 흔들리는 고요가 적당해
제조일자는 반짝이는 칼날을 쏟아내는
무쇠구름의 생성주기
아주 평화롭고 위태로워

무기제조업자의 장인정신이란
자신이 만든 번뜩이는 적의로 목이 베이는 것

그러나 필요악에 의해 우리는 공존한다네
치밀한 무기유통업자가 나를 감시중이지
관성의 법칙처럼
우리는 언제나 똑딱거린다네

일제히 소등하는 캄캄한 방에서 말이야

그래, 너도 꽤나 익숙한 풍경

나무 관을 짜는 남자

한밤까지 이어지는 못질 소리
심장에 박아대는 것 같아

피 묻은 대못들이 모여
아무리 대문을 두드려도
주인은 나오지 않아
열쇠장이는 따따블을 부르고
두근대는 호기심은 따따따블이야

현관에 세워져 있는 껍질이 벗겨진 통나무들
아니 조금씩 관을 닮아가는 것들
지나치게 아늑해 보여

그는 작업실에 있었어
아주 흔한 얼굴의 사나이
죽은 새를 넣는 작은 관부터
거구의 남자가 주문한 대형 관까지

어둠이 고인 유리 진열장 안은
심해에 가라앉은 난파선처럼 고요했지

막 완성된 관은 아주 작았어
그는 곁에선 젊은 여자에게

말없이 작은 관을 건넸어
여자는 문득 두고 온 아이가 생각났지,
꼭 그 사이즈였어

관 귀퉁이마다 적혀 있는 이름들
공포에 질린 사람들의 대이동이 시작되었어
상냥한 남자는 일일이 손을 흔들어주고
간혹 주문 품목을 손수 메고 가는 성급한 고객들도 있었어
개미 떼처럼 지루한 행렬

별이 없는 밤
반짝이는 못대가리는 밖에서만 보이니까

아주 오래된 게임

돌아가는 버스는 오지 않아
일방통행으로 전개되는 노선도는 그러니까
위험한 모험
버스 표지판 따윈
말라비틀어진 가로수 같은 것

차고행 버스가 연달아 지나가
아무것도 찍히지 않은 필름처럼

순식간에 도로를 점령하는 비

늙은 코끼리는 거대하고 온통 빗금투성이야
이곳은 지정된 약속 장소
셔터가 내려가고 있어

누군가 막 닫히는 녹슨 쇠문을
통과했어!

거긴 내부도 외부도 아닌 곳이라고 해
붉은 융단이 깔린 물침대라는 연구 결과도 있지만
밤바다를 떠다니는 해파리 지붕이라고도 해

어쨌거나 동시다발적으로 파기된 약속들

막다른 곳에서 만나
이 거리의 라스트 신은 요란하고 미학적이지
잿빛 벽과 대조되는 핏빛 그림 몇 점
구원은 미신일 뿐

쉿, 총을 든 군인들이 다가오고 있어

모두 죽어야 처음으로 되돌아가는 무서운 게임

빨간 어묵

일본식 다다미방이었는데
바닥을 걷으니까 거대한 수조였어
마을 사람들은 깊이를 알 수 없는 검은 물속으로
그물을 던져넣었지
조심조심
순식간에 빨려들어가서
이듬해에 뼈를 조립한 적도 있어

여자들은 기름을 끓이고 풋내 나는 야채를 다졌어
웅성대던 소리가 멈춘 순간 보았지
아가리를 쫘악 벌린 괴상한 물고기
비늘도 없이 물컹대던
집채만한 공포
거기서 튀어나온
아랫도리만 남은 여자까지

기름은 적당한 온도로 달아오르고
남자들은 능숙하게 물고기 혀를 잘랐어
물 밖에서는 이상하리만치 유순한 성질
다시 유영하기 전까진
유예된 시간입니다
막 튀긴 어묵을 먹으며 물었지

칼등으로 혓바닥을 다지던 여자가 웃었어
그래서 저기가 마을회관이랍니다
방 밑으로 떨어지는 말소리를
받아먹고 살아요 끝없이 자라나는 혀,
잘라주어야 해요
간혹 불특정 소수가 사라지기도 하지만
모두 방 밑으로 가라앉던 이름이랍니다

쫄깃쫄깃 어묵은 그래서
이 지방 특산품

눈이 내리고 있었어
굵은 소금에 절여지듯 숨을 죽이고서
모두 어묵을 먹고 있었지

각설탕

어느 위대한 과학자가
실험용 원숭이에게 자신의 뇌를 이식했다는데
연구실 간이침대 위에서 발견되었지
욕망의 해체에 대한 보고서 말이야

한때 몽키 갱스터가 유행했던 적도 있지만
달궈진 총구를 들이대는 무서운 협박도
샛노란 바나나 한 송이면 끝장나고 말았어
혀의 본능에 대한 연구는 아직 미개척 분야였거든

신문지 밖으로 빠져나온 꼬리가
밤의 공원에서 목격되기도 했어
아파트 경비원은 그와 안면이 있음에도 불구하고
주민의 안녕을 우선으로 여겼지
욕망과 반비례하는 것들의 목록은
도표4에 나타나 있어

위대한 과학자의 뇌는 아직까지 위대했지만
그는 유령처럼 후미진 곳을 떠다녔어
지문 없는 것들의 행동 양식에 관한 공식도
그렇게 탄생했지

날렵함과 명석함이 무기였던 그가

지금은 놀라운 묘기를 익힌다는 소문
외발자전거를 타고 모형 화산을 만들거나
무쇠 나팔을 불면서 방사선 폭죽을 펑펑 터뜨린다는데

서커스 단장은 아주 적은 연금으로 그를 고용했어

각설탕처럼 하얀 정육면체의 악몽과
매달 지급되는 사료 두 봉지
그리고 주말에 제공되는
암컷 원숭이 한 마리

어쨌거나 그는
위대한 뇌를 가진 원숭이였으므로

샤워기가 있는 감방

모두들 딱딱한 등허리를 돌린 채
입을 꼭 다물고 있었다

샤워기에서 차가운 물이 쏟아졌다
소독약 냄새가 났다
소금 한 줌이 감옥 바닥에 뿌려지고
문이 닫혔다

느닷없이 불이 켜지곤 했지만
숨 막히는 아우성은
곧바로 어둠 속에 묻히고 말았다

아무도 들어주지 않는
검은 말을 뱉어내며
살려주세요, 짭짤한 눈물을 가진
전 그쪽 태생이에요
이 원형감옥을 탈출할 수 없어

그대가 해방시켜준

뜨거운 구원에 들며

우린 정말

시원한 국물이었다

여우 묘가 있는 마을

여우 묘가 있다기에 들어선 길
붉은 즙이 뚝뚝 떨어지는 구름들
점점이 떠 있었어요

바랜 작업복을 입은 남자들 걸어가는데
묘가 어디냐고 물어도
지독한 흙물이라고 하네요

능선으로 넘어가는 까만 차들이 보였어요
퉤퉤퉤, 수박씨처럼 뱉어지는 중이었죠
징그러운 수술 자국처럼
검은 바퀴 자국 지그재그로 긋고 있네요

김이 나는 검은 아궁이들이 동그랗게 모여 서서
번갈아가며 삽질을 해요……
나는 너무 멀리 와버렸는데

마을 한복판
막 파놓은 여우 무덤은
담요처럼 아늑했어요

속 붉은 수박을 삽으로 쪼개며
지퍼를 내린 남자들이 입가심을 했어요

푹 쉬고 가
여우야

없는 가게

금속성 침대에 누워

훅 하고 숨을 쉬면 벌어지는 일이란다

선반 위에는 반짝이는 틀니가 있지
캐스터네츠처럼 경쾌한 리듬이란다

동그란 테이블에는 가족사진을 찍은 액자
흰 구름을 터번처럼 두른 사내가 보이는구나

옷걸이에 걸린 잿빛 양복도 어깨가 축 늘어져 있다
담뱃재가 조금 떨어져 있는 주머니 속엔
어제의 약속이 구겨져 있지

자명종 시계는 침대 발치에 있는 슬리퍼에 맞춰져 있단다
검은 양말이 동그랗게 말려 있는 곳

등잔 갓 위의 먼지도
귀퉁이가 낡은 가죽 가방도
그대로 진열되어 있어

영원히 문을 열지 않는 가게
한쪽이 꺼진 소파를 파는 가구점도 말이다

젖은 골판지 같은 하늘도

링거액이 곤두박질칠 때면

모두 없는 가게란다

무중력 항공사

이상한 공항에서 너를 만났어
받침 몇 개가 전부인 곳

나는 방금까지 서 있던 바닥을 빼서
네 앞에 놓아주고
우린 사선으로 혹은 지그재그로 걸었다
곧바로 무너져내리는 허공을

천 밀리리터 우유팩 같았어, 하얗고 우뚝 선
되돌아가서 판자를 주워야 할 때도 있었지만
발받침이 두 개뿐인 여자한테 추월을 당해도 좋았어

나는 높은 곳에 앉아 발을 흔들고 있어
한없이 늘어진 줄
발받침이 두 개였던 여자는 이미 다른 옷을 입고 있어
단체로 온 아이들 머리카락에 유리 파편이 묻어 있어
어디로 가는지 물어봐도 되니?
그 앤
아무 데나요, 했어
너를 영영 잃어버린 것 같아
나는 줄 끝에서 울었어

한 남자가 대기실에서 울고 있습니다

먹이 유인 장치까지 만들어놓고
이상합니다
얼굴을 묻고 있는 남자
붉은색 땡땡이 셔츠를 입고 있습니다

공산권으로 가는 티켓이나
아주 가난한 나라로 가는 티켓도 있어
무작위였지만
떠나가는 것들로 붐비는 곳이면 된답니다

나는 붉은색 땡땡이 셔츠를 입고 있습니다
나는 붉은색 땡땡이 셔츠를 입고 있습니다

폼페이에서 보낸 마지막 날

폼페이 유적에는
빈 구덩이로 남은 사람들이 있다지

살과 뼈가 삭아내린
그 구덩이에 석고를 부어
웅크리고 죽은 여자를 떠냈다지

얼굴을 어깨에 묻은 채 울고 있는
배가 부푼 구덩이도 있었대

푸른 신호등이 깜빡거리는 사거리
내게로 달려드는 차가
급정거하는 순간

펑 하고 플래시가 터져버린
환한 대낮

나는 왜 그곳이 떠올랐을까

지층마다 웅크리고 죽은 내가
어둠으로 다시 피어나는 곳

차들이 멈췄다 달리는

정지선이 지워진 사거리에서

얼룩고양이

햇빛 고요한 날, 사람들은
나무에 올라 눅눅한 등을 말린다
건너편 숲에서 길게 울리는 비명 소리
긴 머리 여자가 죽었어
눈이 깨진 유리야, 파편에 맞은 남자와
여러 번 살림을 차렸다고 해
여자들은 두려워하며 아이들을 부른다
검은 숲의 사건들은 흔히 있는 일이므로
마을 사람들은 식사를 하면서
올해의 '나무타기 왕'이 발표되길 기다린다
뚜뚜뚜뚜뚜뚜, 올해의 나무 타기 왕은
팜파라팜팜, 이씨입니다
까마득한 나무를 맨손으로 오르다니
사람들은 감탄을 하며 그에게 잔을 건넨다
이씨가 넘치는 잔을 쭈욱 들이킨다
바람이 심하게 불었지만……
다 같이 쭈욱 들이킨다
축제의 폭죽을 터뜨려라!

고양이 한 마리가 더는 가려움을 참지 못하고
도로 한복판에서 박박 몸을 긁는다
승용차 지나간다

고양이, 도로 위에 프린팅되다

유리동물원*

오렌지빛 사탕처럼 끈적이는 햇빛
달콤해 보여 유리동물들
투명한 얼굴들은
얼마나 섬세한 감정들인지
유리동물을 닦아 선반 위에 올려놓고 창가로 다가간다
저물어가는 길 위로 검은 목덜미의 사내들이 지나가고
셔츠 단추를 풀어놓은 사람들은
카페 테라스에서 커피를 마신다
활보하는 사람들 사이, 아니,
깡충깡충 뛰는 아이들 사이
커피를 마시는 사람들 사이였나
노란 옷을 입은 절름발이 소녀가 지나간다
어제의 공원에서 나는 무엇을 보았던가
침이 흐르는 노인의 턱과
회색 먼지 덩이인 비루먹은 개 한 마리
가까운 곳에 앉아 있었지만
나는 그들에게 말을 걸지 않았다
때론 고사리를 구경하러 식물원을 가거나
박물관에서 박제된 여우를 보았지만
얇은 외투엔 언제나 찬 기운이 스몄다
나는 낡은 치마를 끌며 이 거리를 배회하고
공예품 상점에 들러 유리동물을 사 모은다
단단하게 고여 있는 하얀 숨소리, 찰랑거리는 유리동물들

연약한 바람에도 유리동물들은 위태롭게 흔들리지
견고한 상자에 유리동물을 담고
다 녹아버린 오렌지빛 사탕
검은 커튼 같은 날들
나는 외투 깃을 세우고
때 묻은 덧창을 닫는다

* Tennessee Williams의 희곡 「유리동물원」에서.

지붕 위의 시체

그가 누워 있던 대나무 돗자리에는
밀랍 자국처럼
봉인된 시간이 남아 있다

검은 파리들이 밥알 위에 앉기도 했지만

아래층 여자는 통 모르는 일이라고 했다

빗물을 타고 내려오는 냄새도
땅밑 어딘가로 금방 사라져버렸다

문틈으로 눅눅한 공기가 조금 들어왔을 뿐

계단 난간에 묻은 손때나
통통, 지팡이를 짚는 소리
한밤에 변기 물을 내리는 뜻 모를 저의도

그가 마지막으로 내쉰 공기 한 줌을
거대한 콧구멍으로 들이마시다가

글쎄, 모르는 일이라니까요

까마귀가 나는 밀밭

—VAN GOGH, 100×550×5cm, 1890

불길한 밤이다
까마귀의 목적 없는 방향
날아오는 것인지 날아가는 것인지 생각지 마라
이미 저것은 나를 지나쳐갔다
언제나 몇 갈래 길이 있었지
나는 길의 냄새를 맡아
길이 아닌 곳으로 걸었다, 흔적을 찾는 개처럼
역암 같은 어둠이 여기저기 뭉쳐 있다
또 길의 중앙
나의 시선을 먼 데로 뻗은
붉은 길 위에 있지만
나는 황금색 밀밭으로 걸어갈 것이다
악성빈혈 같은 나의 허기는 노란 그림 몇 점을
허겁지겁 먹어치우고
다시 물감 묻은 붓을 들 것이다
나는 밀밭 위를 걷는다. 조금 평온하게
불길한 밤, 괜찮다
그런 길들이 나를 이끌었다 내게는 보색 같은
밀밭이 펼쳐져 있다
휘몰아치는 밀밭을
성냥개비 같은 내가 걷는 것이다
붓질이 거친 어둠 아래

물러터진 토마토

미아리가 어디야?
맞은편으로 건너가셔서 당고개행을 타세요
근데 엄마는 왜 백 원만 준다고 해?
아까 백 원짜리 백 개를 드렸잖아요
등짐을 짊어진 여자가
산발한 머리를 흔들어대며 홍홍홍홍
오빠만 따라가면 돼요?
여자가 전철을 탄다
아아, 이렇게 손을 꼭 잡고 있으면
남들이 쳐다보잖아요
허공으로 손을 내밀던 여자가
깜짝 놀라, 어머, 잊을 뻔했네
손님, 손님, 이거라도 드세요
물러터진 토마토를 건네준다
토마토 즙을 뚝뚝 흘리며
목련처럼 내 마음이 뭉텅뭉텅 졌으면 좋겠어요
오늘 저녁엔 나물을 무칠 거예요
풀물 밴 손으로 가방을 열고 한 움큼
나물을 들어 보인다
가방 속엔 푸르딩딩한 잡초들이 담겨 있다
할머니, 이것 드시면 배탈 나요
엄마, 저 할머닌 누구랑 말하는 거야?
헛것이 보여서 그래 자꾸 보지 마

널 따라올지도 몰라
엄마가 아이를 돌려 앉힌다
근데 토마토는 왜 빈 의자 위에 두었어요?

검은 표지의 파일

그에 대한 기억들은 스테이플러로 모서리가 찍혀
얌전히 스크랩된다
그녀를 향한 사소한 인사말도 파일에 담겨 있다
검은 표지의 파일은 사무적인 표정으로 묵묵히 일한다
어두운 표정의 것들이 그렇듯
그녀는 눈에 띄지 않는다
사람들은 때론 모나미 볼펜 같다고 생각한다
볼펜 자국 같은 일상이 지나고
늦은 저녁이 되어서야 스르르 넘어가는 비닐의 장정들
오늘은 그가 나를 보고 웃 · 었 · 다
웃는 모습을 가위로 오린다
기억은 꼼짝없이 갇힌다
그녀는 두터운 파일을 말끔히 정리했다
언젠가 검은 파일은 정리된 내용들을 펼칠 것이다
그는 잘 말려들어가 종이 몇 장으로 추억된다
갑자기 두터운 파일 앞에 놓인 그는
한 장을 넘길 때마다 과장된 기억들과 마주친다
나날이 그녀는 두터워진다
하지만 파일은 지나간 것만 실을 뿐
그는 소리 내어 말할 것이다
당신의 기억 속에서 나는 누구입니까
과장된 당신?

덤프트럭

덤프트럭이 닭집으로 돌진해간다
닭 모가지를 비틀던
여자의 모가지가
노란 닭발 위로 구른다
벽면 가득 환하게 일그러진
벼슬무늬 비명들
트럭이 시장 안으로 달아난다
과속으로 달아나는 트럭은
잡히지 않는다

슈퍼를 나서던 아이가
비스킷처럼 바싹 으깨진다
응고된 시간을 실은
텅 빈 운전석
내달리는 트럭 넘버를
기억할 필요는 없다

여길향해달려오고있거든

깊은 동굴

철제 계단을 내려가는 사람들의 쩡쩡쩡, 발자국 소리
검은 동굴을 일렬로 탐사하는 사람들
플래시라이트로 가파른 계단을 비추며
공기가 참 습하네요 박쥐는 없나봐
발밑으로 나뒹구는 목소리들
뱀처럼 스멀스멀 기는, 긴 행렬들 속에서
자칫하다가는 도미노처럼 무너지게 돼
여긴 굉장한 문화유산의 보고라고
축축하고 단단한 그릇들이 이 캄캄함 속에서 나왔다고 해
동굴 벽에서 떨어지는 물방울을 뚝뚝 맞으며
사람들은 환한 평지로 나온다
벽화를 보았나요 소의 뿔이 인상적이었죠
그녀의 바짓가랑이가 펑 젖어 있다
동굴을 탐사한 유일한 아이에게 사람들이 묻는다
무엇이 가장 근사했니?
'아아' 소리를 내는 검은 어둠과 난폭한 계단
그리고 쩡쩡거리는 발자국들
사람들은 털이 곤두선 팔을 쓸어내리며
하하, 무서웠구나 하하, 무서웠구나
하하, 검은 입을 벌리고 웃는 사람들

손잡이

펄펄 끓는 냄비를 들다가
손잡이가 툭,
떨어진 적이 있다
그 타오르는 물의 혓바닥에
발등이 빨갛게 익어버린 일이 있다

악수를 마친 손이
호주머니 속으로 들어가는 것처럼
손잡이들은
무거운 사랑을 툭,
놓아버리는 꿈을 꾼다
언제나 단발마의 비명을 준비하는
손잡이들은
냄비의 일부가 아니다
손잡이들은

허기진 가슴을 밀어내는
뜨거운 손바닥이다

해설

'없는 가게'의 빈 의자에서 시 쓰기

김수이(문학평론가)

1.

“단어들도 서로 사랑한다.” 옥타비오 파스의 빛나는 통찰력은 다시 단어들에게로 돌아가 스며든다. 신비한 예언처럼, 효력이 사라지지 않는 주문처럼. 제각기 눈부신 사랑의 육체를 지닌 단어들은 사랑의 욕망에 불타면서도 쉽사리 뜨거워지지 않는다. 단어들의 사랑은 단어들의 힘만으로는 완성될 수 없는 까닭이다. 사랑의 연약한 주체인 단어들은 타자에게 끊임없이 사랑의 능력을 독려받아야 한다. 단어들의 매개자 역시 단어들에게 사랑의 과정을 적잖이 의존한다. 단어들을 열애하는, 단어들의 사랑에 열광하는 사랑의 주체-매개자 시인은, 그러니까 단어들을 온전히 자신의 감각과 생각만으로 배치하고 조율하는 것이 아니다. 단어들의 사랑과 결별을, 매혹과 질투를, 끌림과 등돌림을 사랑의 주체-매개자 시인은 자신의 욕망의 중심에서, 또한 욕망을 넘어서서 직관하고 투시한다. 그러는 동안 단어들의 사랑은 시인의 존재 깊숙이 헤아릴 수 없는 심연의 감각으로 새겨진다. 복잡 미묘한 힘들 속에 산란하는 입자이자 파동인 단어들의 어슴푸레한 우주를 유영하며 시인은, 운명처럼 터지는 사랑의 불꽃을 읽어내는 해독자를 거쳐 창조자가 되는 것이다. ‘나’의 전 존재가 우주로 넘실거리는, 알 수 없는, 희열에 찬, 심지어 고통스러운 그 순간에 할 수 있는 일은 가령 이러하다. “그 불을/ 해독하며,/ 나는 어렴풋한 첫 줄을

썼어/ 어렴풋한, 뭔지 모를, 순전한/ 난센스,/ 아무것도 모르는 어떤 사람의/ 순수한 지혜"(파블로 네루다, 「시」).

이때 시인이 마주하는 것은 단어들의 우주이기도 하고, 단어들이 반영하고 재구성하는 실재의 우주이기도 하다. 우주의 리듬을 기록하는 첫 단어를 떠올리고 단어들의 사랑의 숨결을 호흡하는 고요하고도 격렬한 해독-창조의 순간, 그것은 '시의 시간'이다. 단어들이 사랑에 빠지는 것도, 단어들과 시인이 사랑의 동등한 주체로서 존재론적이며 우주적인 '사건'이 되는 것도 이 시의 시간에서다. 네루다에 의하면, 시의 시간의 진정한 주관자이자 내용물은 "순전한 난센스"이며 "순수한 지혜"이다. "뭔지 모를, 순전한/ 난센스", "아무것도 모르는 어떤 사람의/ 순수한 지혜"를 필사적으로 작위(作爲)의 언어로 번역하는 시의 '첫 줄'은 그래서 끝내 어렴풋할 수밖에 없다. 순전하고 순수한 총체성을 불완전하고 불순한 잉여와 균열의 언어로 써내는 것. '의미'의 총체이자 기원, 이전(以前)으로서의 '난센스(nonsense)'를 의미로 환원되거나 환원되지 못하는 언어로 울퉁불퉁 현시하는 것. 그러므로 시의 시간이란, 심연의 도래와 사라짐이, 실재의 현현과 왜곡이, 언어의 미학과 폭력이, 주체의 탄생과 소멸이 같은 지점에서 발생한다는 사실을 아련히 이해하면서 그 아련함에 헌신하는 시간. 불가해와 불가능을 훼손하지 않으면서 온전히 살아내려는 의지의 시간이며, 세계에 대한 감각과 사랑의 능력을 자신의 내부로부터 구하는 존재의 정념의 시간이다.

2.

그러나 단어들의 사랑은 메마르고, '시의 시간'은 더이상 뜨겁고 황홀하지 않다. 순전한 난센스와 순수한 지혜는 기원과 정처를 잃은 지 오래다. "갈 곳 없는 시계들이 모여/잿빛 연기를 뿜어대는"(「괘종시계가 울리는 밤」) 밤들이 백야처럼 계속되는 부동(不動)의 바스라진 세계는 그래서 "항상 한낮"이기도 하다(「마른 잎을 파는 가게」). 입구와 출구, 심연과 표면, 전과 후 등등이 사라진 무한 연쇄와 반복이 이 세계의 타당한 질서이며 유일한 지형도로 자리 잡는다.

임현정의 시는 세계 자체를 결여한 세계에서 태어나는 마이너스 세계의 시, 존재 자체를 결여한 존재가 빚어내는 마이너스 존재의 시, '시의 시간'의 불가능을 직시하는 시인의 빈곤한 시간을 본뜨는 마이너스 시간의 시다. 마이너스 형태의 순전한 난센스. 마이너스 형태로만 존재하고 씌어질 수 있는 순수한 지혜. 임현정은 저 아름답고 경이로운 시의 시간을 애도하고 그리워하는 대신, '증발해버린, 부재하는 시의 시간' 자체를 시의 육체로 삼는다. 현대시가 '시의 시간'의 파산에 처한 것은 어제오늘의 일이 아니지만, 임현정은 근원을 상실한 현대시의 운명 자체를 시화하면서 그로

부터 새로운 시의 시간을 시작한다. 이렇게 시작되는 시간은 밝고 화사하지만은 않다. 임현정의 시에서 단어들과 수사들, 풍경들은 동화의 한 장면처럼 서로 포옹하지만, 이 달콤하고 생기 넘치는 시의 미장센들은 어딘가 조금씩 치명적으로 고장 나 있다. 뛰어난 감각적 재능으로 일상의 사물과 공간을 생생히 미각화(味覺化/美覺化)한 풍경들—"정오의 공원은 방금 만든 샌드위치처럼 신선해"(「얼룩말」) "길모퉁이를 돌면 나오는 뜨겁고 쓴 가게"(「마른 잎을 파는 가게」)와 같은—에서 묻어나는 것은 해맑은 상승의 기류가 아니라 알 수 없는 진한 슬픔이다. 임현정이 시작하는 시의 시간은 상실과 무의미의 전쟁을 수행하는 시간, 생기를 잃은 후의 "마른 잎"의 시간인 것이다.

그렇다고 임현정이 '순전한 난센스'와 '순수한 지혜'의 상실에 관한, 현대문명의 익숙한 '상실과 부재의 서사'를 되풀이하는 데 머무는 것은 아니다. 순수한 난센스와 지혜를 상실과 부재로부터 구해내 '자명한 있음'으로 변환시키려는 건전한(?) 의욕에 사로잡혀 있는 것은 더욱 아니다. 임현정은, 소유한 적 없는 것들의 부재(이중의 부재인)와 끝없는 상실(이 바닥없는 상실을 어떻게 표현하면 좋을까)의 와중에 있는 세계에서 텅 빈 '그것'을 어떻게 투명하게 응시할 것인가를, 그 '없는' 의미에 꼭 맞는 단어와 수사를 어떻게 찾을 것인가를 고민한다. 이 불가능을 가능으로 바꾸(지 못하)는 무한한 수고가 왜 필요한 것인가를 천천히 헤아린다.

어떤 단어도 자신에게 꼭 맞는 의미를 갖지 못하며, 어떤 (무)의미도 자신을 온전히 드러낼 단어를 갖지 못하는 세계(이 세계에서 은유는 근본적으로 불가능하며 무용하다), 한 단어에 담긴 의미를 다른 단어에 옮겨놓아도 별로 달라질 것이 없는 세계(환유 역시 마찬가지다)에서 "곱은 손가락으로 쓰"는, "순식간에 얼어붙는" 첫 줄이 임현정 시의 반복되는 출발점인 것이다. 마른, 떫은, 녹슨, 지루한, 끝없는…… 여기에 황홀한 시적 정념의 '불'과 그 불에 대한 해독이 들어설 자리는 없다.

너는 '터널 끝'에서 나왔다가 '끝없는 터널'로 되돌아가
방금 전인지 방금 후인지 지루한 통과의례

바닥에 귀를 대면 들려
눈 위에서 미끄러지는 소리
흔들흔들 자장가 소리

아무 데나 좋아
곱은 손가락으로 쓰고 있어

순식간에 얼어붙는 그것
—「빛의 통로」 부분

(무)의미의 허공에서 공회전하는 세계의 "아무 데나" "곱은 손가락으로 쓰"는 순간, "순식간에 얼어붙는 그것". 세계의 공기에 노출되는 순간 딱딱하게 굳는 정체불명의 이물질인 '그것'. 어떤 단어로도 자신의 무게와 흔적을 남기지 못하는 익명의 (무)의미. 임현정이 경험하고 이해하는 시의 본질은 이런 것이다. 이 세계에 부재하거나 극히 희박한 '그것', 즉 시는 급속한 '순간 결빙'이나 '사후경직'의 형태로 날카롭게 모습을 드러낸다. 마치 지독한 강박증이나 신경증을 앓고 있는 듯한 표정으로. "나는 끼이익, 급브레이크를 잡는 순간/ 느닷없이 날아오는 것// 그래서 좌표 없이 윙윙대는 것" "정지된 화면에서 들끓는 무엇"(「자기소개서」). 임현정의 자기 규정은 '시'에 대한 규정과 구별되지 않는데, 이 점은 필연적인 결과에 속한다. 시의 탄생과 죽음을 자신의 존재의 탄생과 죽음으로 내면화하고 있는 점에서 임현정은 영락없는 '시인'의 후예인 것이다.

순간 결빙, 사후경직, 급브레이크 등의 '경화(硬化)'와 '정지'의 형식으로 출현하는 시는 환희에 찬 시의 시간으로부터 아득히 멀어져 있다. 역설적이게도 이 경직과 낙오의 시간은 시의 또다른 기원으로 이어지며 새로운 미학을 요구한다. 그도 그럴 것이, 더없이 경이로웠던 '어렴풋한 첫 줄'의 시 쓰기의 마술이 사라진 자리를 이미 다른 것들이 메우고 있다. '터널 끝'이 아니라 '끝없는 터널', "쥬리엣 의상실이 아니라, 쥬리엣의 상실"(「쥬리엣의상실」), 깎아지른 절벽이 아니라 그 앞에 떡하니 서 있는, "절벽에서 뛰어내리기 직전을/ 물방울무늬로 포장해주는/ 기념품 가게"(「다이빙하는 남자」) 등. 끔찍하면서도 우스꽝스럽게 뒤틀린 세계에는 꿈꾸는 그것이 부재하며, 꿈꾸지 않아도 마땅히 존재해야 하는 그것 역시 부재한다. 자신에 대한 부정이 참혹한 긍정과 통하는 것도 같은 연원에 의한다. "그녀도 그렇게/ 툭툭 팔을 분지르며 곤두박질쳤지"(「나무 위의 고양이」).

임현정이 첫 시집에서 정성들여 작성하는 것은 이 이상하고 슬픈 세계에 존재하는 상실과 부재의 목록이다. 사라진, 저 그리운 시의 시간을 대체할 (수 없는), 지금 여기 텅 빈 시의 시간의 목록. 먼저, 목록 1. 빈 구덩이로 남은 사람들.

폼페이 유적에는
빈 구덩이로 남은 사람들이 있다지

살과 뼈가 삭아내린
그 구덩이에 석고를 부어
웅크리고 죽은 여자를 떠냈다지

얼굴을 어깨에 묻은 채 울고 있는
배가 부푼 구덩이도 있었대

푸른 신호등이 깜빡거리는 사거리

내게로 달려드는 차가
급정거하는 순간

펑 하고 플래시가 터져버린
환한 대낮

나는 왜 그곳이 떠올랐을까

지층마다 웅크리고 죽은 내가
어둠으로 다시 피어나는 곳
—「폼페이에서 보낸 마지막 날」 부분

이 시는 임현정의 시 세계의 원리와 방법론을 단적으로 보여준다. 시의 정황을 빌리면, "살과 뼈가 삭아내린/ 그 구덩이에 석고를 부어/ 웅크리고 죽은 여자를 떠"내는 일이 바로 임현정의 시 쓰기이다. 세계의 빈 구덩이를 본뜸으로써 상실된 원형을 소환하는 시. 소멸한 사람들의 존재와 삶을 재구성하기 위해 세계의 빈 구멍을 마이너스 형태로 요조(凹彫)하는 시. 살아 있는 삶을 재현하기 위해 죽어 있는 삶을 본뜨는 아이러니의 시. 임현정이 곱은 손가락으로 쓰는 순간 얼어붙는 시의 첫 줄은 우리 시대의 시가 처한 곤경의 드라마틱한 상징이기도 하다. 빈 구멍으로 존재하는 '부재하는 사람'. 빈 구멍으로 존재하는 '부재하는 삶'. 빈 구멍으로 존재하는 '부재하는 세계'. 이에 관해 쓰는 순간 현실의 언어와 시가 마비 상태로 얼어붙는 것은 당연한 귀결이다.

임현정의 시는 세계와 현실의 (데드)마스크를 도처에서 떠내는 작업이자, 그 (데드)마스크가 세계와 현실의 실체를 드러내는 최상의 가능성임을 탐사하는 현장임을 자처한다. "콘스탄틴, 우리는 후미진 옥상 계단에 앉아/ 은빛 캔을 우그러뜨렸어 그게 누구의 마스크였더라?"(「오렌지 마멀레이드」) 세계 곳곳에 뚫린 빈 구멍들을 본뜨는 시 작업은 '사후적'이며 '근원 지향적인' 성격을 갖는다. 그러나 그것은 현재를 역추적함으로써 끊임없이 현재로 귀환하는 것을 전제한다. 위의 시에 쓰인 것처럼, 임현정에게 지금 이곳은 "지층마다 웅크리고 죽은 내가/ 어둠으로 다시 피어나는 곳"이다. 여기에는 임현정의 시가 탄생하는 순간, 복원하고자 하는 시적 주체, 펼쳐내고자 하는 말 들이 압축적으로 새겨져 있다. 세계의 빈 구덩이, 빈 구덩이로 남은 사람들, 그들이 어떻게 사라졌고 다시 피어날 수 있는가에 관한 이야기.

빈 구덩이로 변해가는 사람들의 "위태롭고 권태로"운 삶은 지금도 여전히 진행 중이다. 임현정의 시는 텅 빈 내부를 지닌 사람들과, 이들의 짝패인 비어 있거나 부재하는 사물과 공간 들로 넘쳐난다. 그 일부를 열거한다. "허공에 떡하니 걸려 있는 건지도 모"르는 '나'(「검은 피리를 부는 밤」), "비린내 나는 허공을 잉태했지만,/ 태아까지 말려 죽였다는" "칼자국을 가슴 가득 새긴/ 메마른 여자"(「물렁한 도마」), "점점 자라나는 검은 단지"를 가슴에 품은 여자(「남보랏빛 그림자」), "산산이 부서진 채" 쓰러진 노숙자(「괘종시계가 울리는 밤」), "원통형 어둠 쓴 마술사"(「얼룩말」), "검은 내부를 드러내고 웃"고 있는, "살점이 떨어져나간 마네킹들"(「쥬리엣의상실」), "도난당한 그림이 걸려 있는" 비밀의 방(「복수는 한발 늦게 온다」), "비탈 아래 있는 불탄 집", "어둠이 응고된 지하 계단"(「흑설탕을 넣은 차」), "물이 없는 물통"(「물이 빠진 수영장」), "오래전부터 주인 없는" "그애 가슴께에 있는 포도밭"(「포도밭, 그 애」), "어둠이 고인 유리 진열장"(「나무 관을 짜는 남자」), 헛것의 여자가 헛것의 할머니에게 건넨 토마토가 놓여 있는 지하철의 빈 의자(「물러터진 토마토」), 미친 듯이 "여길향해달려오고있"는 뺑소니 덤프트럭의 텅 빈 운전석(「덤프트럭」), "영원히 문을 열지 않는 가게"인 "없는 가게"(「없는 가게」)……

임현정이, 살아 있는 삶을 형상화하기 위해 죽어 있는 삶을 본뜨는 아이러니의 시, 마이너스 존재 · 세계 · 시공간의 시를 쓰는 이유가 이로써 분명해진다. "점점 작아지는 그림자를 끌고" 다니는 "지워진 얼굴들"로 가득한 세계(「층층캐비닛」)의 실상을 그리려면 존재와 세계의 구멍 자체를 그리는 것 외에는 다른 방법이 없다. 그러므로 방금 열거한 목록은 임현정이 자신의 시-텍스트 여기저기에 뚫어놓은 실제/실재의 빈 구멍들로 이해해야 한다. 존재와 세계의 구멍 자체를 그대로 옮겨놓고자 한 시-텍스트의 텅 빈 구멍들.

'허공에 걸린 나'에서 '없는 가게'에 이르기까지 마이너스가 즐비한 임현정의 시는 아예 하나의 마을을 이루고 있다. 더 정확히는, 임현정의 시는 없는 사람들과 없는 가게들이 번창한 마을에 관한 연작 형식의 풍경화이자 체험기이다. 마이너스로 풍성한 이 마을에서 유일한 플러스는 끝없이 자라나는 검은 머리카락과 혀이다. "검은 머리카락은 끝없이 자라나/ 그것 말고는 아무것도 없는 마을"(「조개잡이」)은 물론 우리가 살고 있는 이 세계를 가리킨다.

칼등으로 혓바닥을 다지던 여자가 웃었어
그래서 저기가 마을회관이랍니다
방 밑으로 떨어지는 말소리를
받아먹고 살아요 끝없이 자라나는 혀,
잘라주어야 해요
간혹 불특정 소수가 사라지기도 하지만
모두 방 밑으로 가라앉던 이름이랍니다
—「빨간 어묵」 부분

이 마을의 주민들은 얼굴과 내부가 지워지는 대신, 죽음을 암시하는 머리카락과 혀의 기이한 생명력으로 충일하다. 사람들이 점점 사라지면서 "밑으로 가라앉"는 이 마을을, 임현정은 '층층 캐비닛'이나 '꺼질 듯 바람계곡' 등의 동화적 별칭으로 부른다. "꽤나 전망 좋은 절벽이에요/ 칠백번째 계단참에 제 방이 있어요"(「꺼질 듯 바람계곡」). 이곳에서 누군가는 바람에 휩쓸려 날아가고, 누군가는 울고, 누군가는 잃어버리고, 누군가는 미완성인 채로 있다. "뱀처럼 스멀스멀 기는, 긴 행렬들 속에서/ 자칫하다가는 도미노처럼 무너지게"(「깊은 동굴」) 되는 비극의 위험은 늘 상존한다. 그렇다면, 이 층층 첩첩 무한의 빈 구멍들을 어떻게 처리해야 할까? 바꾸어 말하면 임현정은 단순히, 현실의 틈에 언어의 석고를 부어 그대로 떠내는 모방의 시 쓰기에 열중하고 있는 것일까?

놓치지 말아야 할 것이 있다. 구멍을 메운다 해도 현실 자체는 결코 메워질 수 없다는 사실. 현실의 빈 구멍은 현실의 결여를 꼭 들어맞게 음각하고 있지 않은 까닭이다. 존재와 세계의 "살과 뼈가 삭아내리"면서 구멍의 형태는 원형과는 조금씩, 어쩌면 많이 달라져 있다. 현실의 잉여-돋을새김은 현실의 결여-오목새김과 정확히 일치하지 않는다. 현실을 이탈하는 상상, 환상, 꿈, 동화 등은 현실에 편재하는 상실, 균열, 고통, 부조리 등의 빈 구멍을 알맞게 메우는 보충물이 아니다. 현실을 벗어나거나 다시 반죽하는 사유들이 아름답고 평온한 풍경만이 아닌, 불편하고 흉측한 광경도 빚어내는 것이 그 증거이다. 시신이 고스란히 삭은 구덩이에 석고를 부어 죽은 여자의 형상을 떠내도, 떠낸 형상과 죽은 여자 사이에는 복원할 수 없는 틈이 있다. 임현정의 시가 주목하는 것, 동화, 만화, 갱스터 무비, SF의 상상력을 동원해 개

입하고자 하는 것은 이 지점이다. 현실 이탈과 초월의 상상력들이 보충하고 은폐하는 것 역시 이 부분이다. "끝없이 자라나는 혀"를 계속 "잘라주어야 하"는 이유도 여기에 있다. 언어와 상상력이 가닿을 수 없는 곳. 언어와 상상력이 가닿는 순간 얼어붙는 곳. 동시에, 같은 이유로 언어와 상상력 자체를 가능하게 하고 촉진하는 곳. 현실과 상상/환상 사이, 빈 구멍과 빈 구멍으로 남은 사람 사이, 들쭉날쭉 형형색색 남아도는 그 틈. "내부도 외부도 아닌 곳"(「아주 오래된 게임」). 임현정이 마주친 '시의 시간'이 신비하고 매혹적인 '불'로 도래하는 것이 아니라, 불안하고 공포스러운 '얼음'의 형상으로 쇄도하는 것은 이러한 정황에 따른다.

목록 2. 공포에 질린 사람들의 대이동. 곧바로 무너져내리는 허공을 걷는 삶. 존재의 사이즈에 꼭 맞는 구멍의 형식이 있기는 하다. 그것은 죽는 순간에 맞춤하는 관이다. 자신에게 꼭 맞는 관과 맞지 않는 세계의 빈 구덩이 사이에서 공포에 질린 사람들은 혼란의 대이동을 한다. 죽음과 삶의 사이—이곳이 삶의 공간인데—의 이 틈은 허공과 어둠으로 이루어져 있다. 육체의 얼굴보다 존재의 얼굴이 먼저 지워지고, 육체의 심장보다 존재의 심장이 먼저 느려지는 사람들이 배회하는 곳. 오래지 않아 허공과 어둠으로 화할 사람들은 무작정 떠남으로써 공포로부터 도망치려 한다.

막 완성된 관은 아주 작았어

그는 곁에선 젊은 여자에게
말없이 작은 관을 건넸어
여자는 문득 두고 온 아이가 생각났지,
꼭 그 사이즈였어

관 귀퉁이마다 적혀 있는 이름들
공포에 질린 사람들의 대이동이 시작되었어
상냥한 남자는 일일이 손을 흔들어주고
간혹 주문 품목을 손수 메고 가는 성급한 고객들도 있었어
개미 떼처럼 지루한 행렬
—「나무 관을 짜는 남자」 부분

이상한 공항에서 너를 만났어
받침 몇 개가 전부인 곳

나는 방금까지 서 있던 바닥을 빼서
네 앞에 놓아주고
우린 사선으로 혹은 지그재그로 걸었다
곧바로 무너져내리는 허공을

〔중략〕
어디로 가는지 물어봐도 되니?
그 앤

아무 데나요, 했어
너를 영영 잃어버린 것 같아
나는 줄 끝에서 울었어

〔중략〕

공산권으로 가는 티켓이나
아주 가난한 나라로 가는 티켓도 있어
무작위였지만
떠나가는 것들로 붐비는 곳이면 된답니다
—「무중력 항공사」 부분

한 사람의 예외도 없는 대이동의 광경은 희극적이면서도 비극적이다. 상냥하거나 성급하게 떠나면서 지루한 행렬을 이루기(이동과 대열 자체가 주는 위안을 위해 이동한다). 내가 방금까지 서 있던 바닥을 네 앞에 놓아주기(우린 이렇게 서로의 바닥을 주고받는다). 곧바로 무너져내리는 허공을 우리 함께 사선으로 혹은 지그재그로 걷기(목적지는 없다. 멈출 수도 없다. 떠나는 행위 자체가 목적이다). 맹목의 '대이동'과 아무렇게나 '허공을 걷기'는 공포에 질린 사람들이 택할 수 있는 몇 안 되는 삶의 방식이다. 이들은 '무작위'의 삶의 주체이며 대상이라는 점에서 존재적으로 평등하다. 너, 나, 그 애, 그, 젊은 여자 들은 이렇게 하여 의도한 바 없이 ‘우리’가 된다.

혼돈과 위기의 세계-마을에는 폭력과 범죄, 기이한 행태를 벌이는 자들이 번성한다. 불안한 고요와 평화로운 위기를 적극 활용하는 무기제조업자, 키스를 조르는 무기밀매업자, 총을 든 군인들, 갱스터, 몽키 갱스터, 폭주족, 고장 난 브레이크를 뱃속에 삼킨 원숭이들 등. 임현정은 이 세계-마을이 도처에서 제조되고 유통되고 밀매되는 ‘무기’의 거대한 (암)시장이라고 증언한다.

가격은 제조방법에 따라 다르지만
불안하게 흔들리는 고요가 적당해
제조일자는 반짝이는 칼날을 쏟아내는
무쇠구름의 생성주기
아주 평화롭고 위태로워

무기제조업자의 장인정신이란
자신이 만든 번뜩이는 적의로 목이 베이는 것

그러나 필요악에 의해 우리는 공존한다네
치밀한 무기유통업자가 나를 감시중이지
관성의 법칙처럼
우리는 언제나 뚝딱거린다네

일제히 소등하는 캄캄한 방에서 말이야
—「갱스터 파라다이스」 부분

무기의 가격은 "불안하게 흔들리는 고요". "제조일자는 반짝이는 칼날을 쏟아내는/ 무쇠구름의 생성주기". 용도는 타인으로부터 자신을 지키기 위해서라기보다는, "자신이 만든 번뜩이는 적의"에 의해 스스로 목이 베이기 위해서. 무기는 이 세계의 부실함과 폭력성을 함축하면서, "필요악에 의해" "공존"하는 우리가 고안해낸 최후의 집단적이면서도 개인적인 윤리를 상징한다. "자명종이 울리는 것처럼/ 창밖에서 총알이 쏟아졌는데/ 이 시간만 지나면/ 모두 얌전한 손님들이에요"(「마른 잎을 파는 가게」). 세계의 "얌전한 손님들"로 살아가는 우리는 합법이거나 불법의 무기를 가슴 깊이 소지한 내일의 갱스터, 뜻밖에도 윤리적인 갱스터(여야 하는 것)이다. 마침내 자신을 겨냥할, 겨냥해야 할.

■ 주의사항 : 그렇다고 꼭 죽지는 말 것. 금세 다시 살아날 수 있으므로. 그것도 반복해서.

목록 3. 지루하게 반복되는 저렴한 비극. 공포, 지루함, 불안, 고요, 아주 평화로운 위태로움, 잠재적 얌전함 등의 감정과 태도와 미학으로 점철되는 세계는 "망할 오렌지를 빼곤/ 모두 무채색"이다.(「오렌지 마멀레이드」) 이곳에선 언제든 "지루하게 반복되는 저렴한 비극을 감상할 수 있다". 가짜 사제가 진짜 절벽에서 투신했다가 다시 살아나는 일정도는 얼마든지 재연되는 것이다(「다이빙하는 남자」). 목적도 정처도 고유성도 일회성도 없는 무작위의 세계에서 삶은 이제 게임이거나, 게임보다 못한 것이 되었다. 진정한 라스트는 없고, "요란하고 미학적인" 라스트 신만 있는 게임. "모두 죽어야 처음으로 되돌아가는 무서운 게임." 이 게임은 당분간 단종될 예정이나 폐기될 가능성이 없다.

어쨌거나 동시다발적으로 파기된 약속들
막다른 곳에서 만나
이 거리의 라스트 신은 요란하고 미학적이지
잿빛 벽과 대조되는 핏빛 그림 몇 점
구원은 미신일 뿐

쉿, 총을 든 군인들이 다가오고 있어

모두 죽어야 처음으로 되돌아가는 무서운 게임
—「아주 오래된 게임」 부분

이 시는 두 가지 역할을 수행한다. 하나는 게임의 알레고리를 통해 현실의 부정적 실상을 환기하는 것, 다른 하나는 현실과 게임이 정말로 등가가 되었음을 보여주는 것. 임현정은 이 중 후자에 무게중심을 둔다. 그녀도 여러 번 가본 적이 있는, 마른 잎을 파는 가게의 창밖에서 쏟아지던 총알은 이 현실-게임 속을 활보하는 군인들이 쏘았던 것임에 틀림없다. 삶의 윤리는 물론 죽음의 윤리도 잊은 게임의 룰은 세계를 무차별적으로 파괴하고 초토화한다. 모든 약속은 파기되었고, 구원은 한낱 미신으로 전락했다. 세계는 모두 잿빛이나 핏빛으로 물들었다. 이런 와중에 총알(죽음)은 현실-게임의 반복되는 라스트 신의 극적 효과와 미학을 강화하는 역할을 하며, 세계의 빈 구멍들이 계속 생겨나고 지속되도록 돕는다. 이런 상황에서 할 수 있는 일은 사실상 그리 많지 않다. 그저, "이 도시의 명물인/ 콩기름빛 눈물을" 사는 것(「물의 도시」) 정도 외에는.

목록 4. "도표4에 나타나 있"는 "욕망과 반비례하는 것들의 목록". 그러나 흥미롭게도 간혹, 파탄을 향해 치닫는 현실-게임의 흐름을 거스르는 존재가 출현하기도 한다. 자신의 생명과 욕망에 반하는 선택을 하고 직접 실행에 옮기는 자. 어느 위대한 과학자는 실험용 원숭이에게 자신의 뇌를 이식하는 마지막 실험이자 모험을 통해, 욕망의 해체에 대한 보고서와 욕망에 반비례하는 것들의 목록을 완성한다.

어느 위대한 과학자가
실험용 원숭이에게 자신의 뇌를 이식했다는데
연구실 간이침대 위에서 발견되었지
욕망의 해체에 대한 보고서 말이야

〔중략〕

신문지 밖으로 빠져나온 꼬리가
밤의 공원에서 목격되기도 했어
아파트 경비원은 그와 안면이 있음에도 불구하고
주민의 안녕을 우선으로 여겼지
욕망과 반비례하는 것들의 목록은
도표4에 나타나 있어

위대한 과학자의 뇌는 아직까지 위대했지만
그는 유령처럼 후미진 곳을 떠다녔어
지문 없는 것들의 행동 양식에 관한 공식도
그렇게 탄생했지
—「각설탕」 부분

위대한 과학자와 위대한 뇌를 가진 원숭이 중 욕망의 해체에 관한 보고서를 작성한 주체는 누구였을까? 한 가지 분명한 것은 이 혁신적인 연구가 진행되는 동안, "그는 유령처럼 후미진 곳을 떠다녔"다는 사실이다. 임현정이 우회적으로 공개한 사건 정황을 참조하면, 욕망에 반비례하는 것들의 목록은 이 세계가 '유령'으로 호명하고 범주화한 것들로 구성되어 있을 확률이 높다. 이 목록이 지금까지 열람한 세 유형의 목록과는 다른 내용으로 채워져 있을 것은 자명하다. '유령'이야말로, 동화와 판타지, SF, 갱스터 무비의 온갖 탈주의 상상력이 메울 수 없음을 역설(逆說/力說)해 온 현실의 빈 구멍을, 그 빈 구멍에 대한 우리의 곤혹스러움과 공포를 상징하는 것이 아니겠는가. 위 시에서처럼 유령이 현실의 표면에 출현하기 위해 기행(奇行)과 희화화, 그로테스크의 옷을 입는 것은 오히려 자연스럽다. 현실에 이중 삼중으로 결여된 것을 유령이 '단어 없는 언어'(구체적인 단어들이 없는 언어)로 말해주는 것 또한 별로 이상해 보이지 않는다. 임현정은 그 단어들을, 단어들의 배치를 우리보다 먼저 읽고 이해해온 것은 아닐까. 그녀 혼자, '없는 가게'의 빈 의자에 앉아 쓴 시들이 이렇게 우리 앞에 무사히 도착하기까지.

빈 구덩이로 남은 사람들, 빈 구덩이가 되어가는 사람들의 공포에 질린 대이동, 그리하여 계속 반복되는 지루하고 저렴한 비극 등의 챕터에 이어 임현정의 '이상하고 슬픈 세계에 존재하는 부재의 목록'은 일단 여기까지 작성되어 있다.

3.

임현정의 시에 깔려 있는 것은 이 세계의 빈 구멍들과 "후미진 곳"을 외면하지 않으려는 마음이다. 단편적이고 단면적인 시선을 경계하면서, 세계의 불가해한 양상들을 깊이 들여다보고 이해하고자 하는 마음이다. 그 마음은 따뜻하고 부드럽고 그리고 조금은 애잔하다. 마른 잎이 뜨거운 물에 풀어져 모양과 향기가 되살아나는 시간, 그렇게 한 잔의 따끈한 차가 만들어지는 시간. 너무나 어렵게 존재의 눈앞에 당도한 '시'를 순식간에 얼어붙게 만드는 이 세계에서 임현정은 그 자체가 바로 시의 시간임을, 그것을 견디고 끝내 써내는 것이 우리 시대가 만들어낸 새로운 시의 시간임을 이야기한다.

임현정 1977년 서울에서 태어났다. 고려대 한국어문학과 대학원 석사 과정을 졸업했다. 2001년 『현대시』를 통해 등단했다.

문학동네시인선 016
꼭 같이 사는 것처럼

1판 1쇄 2012년 4월 10일
1판 5쇄 2019년 12월 11일

지은이 | 임현정
펴낸이 | 염현숙
책임편집 | 김민정
편집 | 김필균 강윤정 정세랑
디자인 | 수류산방(樹流山房)
마케팅 | 정민호 박보람 나해진 최원석 우상욱
홍보 | 김희숙 김상만 오혜림 지문희 우상희
제작 | 강신은 김동욱 임현식
제작처 | 영신사

펴낸곳 | (주)문학동네
출판등록 | 1993년 10월 22일 제406-2003-000045호
주소 | 10881 경기도 파주시 회동길 210
전자우편 | editor@munhak.com
대표전화 | 031) 955-8888
팩스 | 031) 955-8855
문의전화 | 031) 955-3576(마케팅), 031) 955-2656(편집)
문학동네카페 | http://cafe.naver.com/mhdn
북클럽문학동네 | http://bookclubmunhak.com

ISBN 978-89-546-1783-3 03810

* 이 도서의 국립중앙도서관 출판예정도서목록(CIP)은 서지정보유통지원시스템 홈페이지(http://seoji.nl.go.kr)와 국가자료공동목록시스템(http://www.nl.go.kr/kolisnet)에서 이용하실 수 있습니다. (CIP 제어번호 : CIP2012001330)

www.munhak.com
문학동네